10 Mars 1890

V

VENTE DU LUNDI 10 MARS 1890

HÔTEL DROUOT, SALLE N° 8

APRÈS DÉCÈS

DE

MME A. VAN HEDDEGHEM

MOBILIER ARTISTIQUE

EXPOSITION PUBLIQUE

LE DIMANCHE 9 MARS 1890

De 1 heure à 5 heures 1/2

Mᵉ PAUL CHEVALLIER	M. CHARLES MANNHEIM
COMMISSAIRE-PRISEUR	EXPERT
10, rue de la Grange-Batelière, 10	7, rue Saint-Georges, 7

CATALOGUE

DU

MOBILIER ARTISTIQUE

ARGENTERIE — ARGENTURE — PLAQUÉ

Porcelaines — Faïences — Curiosités diverses

Tableaux — Portraits

PENDULES LOUIS XVI — BRONZES D'AMEUBLEMENT

Lustre — Appliques — Flambeaux — Cartels

Bois dorés : Consoles, Glaces

Meubles anciens

Sièges du XVIIIe siècle, couverts en tapisserie au point

Petits Panneaux Louis XIV en tapisserie

Broderies — Velours — Soieries, etc.

Mobilier courant — Batterie de cuisine — Literie — Linge, etc.

DONT LA VENTE

Après décès de Mme A. Van Heddeghem

AURA LIEU

HOTEL DROUOT, SALLE N° 8

Le Lundi 10 Mars 1890

à 2 heures

Me PAUL CHEVALLIER

COMMISSAIRE-PRISEUR

10, rue de la Grange-Batelière, 10

M. CHARLES MANNHEIM

EXPERT

7, rue Saint-Georges, 7

EXPOSITION PUBLIQUE

Le Dimanche 9 Mars 1890, de 1 heure à 5 heures 1/2

CONDITIONS DE LA VENTE

Elle sera faite *expressément* au comptant.

Les Acquéreurs payeront CINQ POUR CENT en sus des adjudications, applicables aux frais de la vente.

L'Exposition mettant les acquéreurs à même de se rendre compte de l'état et de la nature des objets, il ne sera admis aucune réclamation une fois l'adjudication prononcée

Paris. — Imp. de l'Art, E. MÉNARD et Cie, 41, rue de la Victoire.

DÉSIGNATION DES OBJETS

ARGENTERIE

1 — Sucrier ovale à couvercle, en argent repoussé, à motifs de feuilles et de rocailles.

2 — Plateau oblong et lobé sur quatre pieds, avec galerie porte-moutardier, en argent de l'époque Louis XV.

3 — Cuillère à ragoût à long manche fileté et armorié. Vieux Paris. XVIIIe siècle.

4 — Cuillère à saupoudrer en argent, à manche chargé d'ornements en relief.

5 — Autre à cuilleron en coquille, et manche orné, chiffrée.

6 — Deux huiliers semblables, de style Louis XV, en argent à feuillages, pentes de fleurs et animaux chimériques.

7 — Sucrier en cristal taillé, avec monture à anses, piédouche et couvercle en argent.

8 — Douze cuillères et treize fourchettes à filets et coquilles, en argent. Vieux Paris.

9 — Six cuillères à café de même modèle, les manches sont gravés d'une armoirie.

10 — Huit cuillères et dix fourchettes analogues aux couverts qui précèdent. Vieux Paris.

11 — Dix cuillères et dix fourchettes à armoiries gravées. xviiie siècle.

12 — Huit cuillères et huit fourchettes en argent, à filets.

13 — Douze cuillères et douze fourchettes en argent, à manches chargés d'ornements en relief; chiffre gravé : A. V.

14 — Douze cuillères et douze fourchettes à filets; chiffre : A. V.

15 — Douze cuillères et douze fourchettes à entremets, à manches lobés et filetés.

16 — Quatre pièces à hors-d'œuvre, manches à ornements de style Renaissance.

17 — Douze couteaux à dessert, lames et manches d'argent, à filets.

18 — Douze cuillères à café en vermeil, la spatule formée d'entrelacs ajourés.

19 — Douze cuillères à café en vermeil, à filets.

20 — Douze couteaux à dessert, lames en argent et manches en nacre.

21 — Douze couteaux Louis XVI, à lames et manches filetés en vermeil.

22 — Six fourchettes à deux dents et six couteaux à manches de style Renaissance, en argent gravé, avec mascarons en relief.

23 — Six fourchettes et six couteaux de même style, à manches d'argent gravé mais sans mascarons.

24 — Neuf cuillères à café à filets et coquilles, ancienne argenterie.

25 — Neuf cuillères à café. XVIIIe siècle.

26 — Dix-huit cuillères à café et un couvert d'enfant.

27 — Pelles à sel, passe-thé en argent.

28-29 — Deux timbales variées, sur piédouche, en argent gravé du XVIIIe siècle. Vieux Paris.

30 — Sucrier couvert et pot à crème en argent, à ornements et chiffre gravés.

31 — Louche et deux cuillères à ragoût en argent.

32 — Sept pièces : cuillères à saupoudrer et truelles en argent, avec manches en ivoire.

33 — Truelle en argent ajouré, à manche de nacre.

34 — Truelle à poisson, à manche de bois.

35 — Deux pinces à sucre : l'une en vermeil, l'autre en argent.

CUIVRE ARGENTÉ — PLAQUÉ

36 — Deux girandoles contournées à côtes en spirale, surmontées d'un bouquet de feuillages à trois lumières. Style Louis XV.

37 — Deux flambeaux à tiges prismatiques, décorés d'entrelacs, de fleurons, de médaillons-bustes, etc. Style Louis XIV.

38-39 — Deux paires de flambeaux, de même style, à canaux, culots, fleurons, etc.

40 — Flambeau Louis XIV, en cuivre gravé et argenté, à tige triangulaire et pied de forme contournée,

41 — Cafetière piriforme sur trois pieds arqués, en cuivre argenté. XVIIIe siècle.

42 — Aiguière, en casque, à culot et piédouche godronnés ; elle porte une armoirie gravée. Époque Louis XIV.

43 — Plateau de cuivre fondu et argenté, d'une riche ornementation composée de cartouches, de festons, de rinceaux, de petits canaux, etc.

44 — Pot à eau couvert, à anse, et un bassin oblong à bords contournés, en cuivre argenté. XVIIIe siècle.

45. — Jardinière ovale à deux anses feuillagées et à médaillons armoriés, en cuivre repoussé et argenté. Époque Louis XVI.

46 — Plat rond à bords contournés, portant une armoirie gravée. Époque Louis XV.

47 — Plat rond à rosace gravée ; cuivre argenté.

48 — Deux plats longs ovales et cinq plats ronds, bordés de baguettes et chiffrés A. V.

49 — Deux plats longs à bords contournés. Style Louis XV.

50 — Plateau sur piédouche portant un cartouche armorié. Cuivre argenté.

51 — Plat à barbe à bords contournés.

52 — Cinq plats ronds à bords contournés.

53 — Quatre compotiers godronnés et à armoirie gravée.

54 — Huilier ancien en cuivre argenté.

55 — Gobelet, boîte à savon, plat à barbe, salière, etc.

56 — Moutardier et six salières Louis XVI, en cuivre estampé et argenté.

57 — Moutardier et deux salières en cuivre estampé et argenté.

58 — Huilier, cafetière, réchauds en plaqué, cuillère à cuilleron en forme de coquille, etc., etc.

59 — Lot de couteaux anciens à manches argentés.

PORCELAINES — FAIENCES

60 — Vase couvert en forme de balustre, en ancienne porcelaine de Chine, à fleurs et lambrequins en bleu; il est surdécoré d'ornements en couleurs et dorure, et élevé sur socle en bronze doré.

61 — Deux plats en Japon, décorés en bleu, de fleurs et d'arbustes.

62 — Trois plats longs en porcelaine de l'Inde, décorés de fleurs en émaux de couleur.

63 — Onze assiettes de décors variés, en ancienne porcelaine du Japon.

64 — Tasses et soucoupes en Japon.

65 — Deux couteaux anciens à manches de porcelaine, à décor polychrome dans le style chinois.

66 — Deux salières rondes et deux soucoupes en ancienne porcelaine tendre de Saint-Cloud, godronnée et décorée de rinceaux en bleu.

67 — Boîte à épices octogonale en Chine, décorée en émaux de couleurs.

68 — Boîte à épices couverte, en faïence de Moustiers, décorée en bleu.

69 — Cornet sur piédouche en faïence de Rouen, décoré en bleu de lambrequins et de guirlandes.

70 — Trois plats en faïence espagnole à reflets métalliques.

71-72 — Cinq plats : quatre de forme oblongue et à bords contournés, le cinquième, rond, en faïence de Moustiers, décorés en bleu de figures, de bustes, de draperies et de rinceaux déliés, dans le goût de Bérain.

73-74 — Quatre vases, coupes et buires antiques, en terre peinte, dont deux à figures et animaux.

75 — Plusieurs pièces en faïence.

OBJETS VARIÉS

76 — Deux vases en cuivre repoussé, à godrons et piédouches dorés et fond bronzé ; ils sont ornés de masques de satyres rapportés en bronze doré. Époque Louis XIV. — Haut., 26 cent.

77 — Aiguière Renaissance en cuivre repoussé et doré, à mascarons, draperies et motifs de fruits ; le corps du vase, ovale et aplati, est formé de deux plaques de nacre.

78 — Aiguière chinoise en cuivre doré, à figures et ornements en relief.

79 — Statuette en bois sculpté d'une sainte femme appuyée contre une tour.

80 — Figurine de Minerve en bronze doré. Époque Louis XVI.

81 — Figurine de femme dansant, en bronze à patine noire.

82 — Cadre Renaissance, à colonnes supportant un entablement, bois noir, incrusté de marbre et de nacre et rehaussé d'ornements dorés ; il contient une figure de sainte en broderie du XVIe siècle.

83 — Deux termes en bois sculpté, provenant d'un meuble.

84 — Quatre petits panneaux du XVIe siècle, sculptés à figures et ornements, ayant formé les tiroirs d'un meuble.

85 — Un volume in-8° : *El Bven Pensamiento expuesto en algunas lecciones,* por el P. Carlos Gregorio Rosignoli, de la Ca de Jesus, etc. (1750). Reliure en maroquin rouge couverte d'ornements et de fleurs de lis gaufrés et dorés au fer ; fermoir en argent.

86 — Encrier en marqueterie de cuivre et d'écaille, genre Boulle.

87 — Coffret rectangulaire décoré de marqueterie de cuivre sur écaille, à figures, animaux, lambrequins et ornements dans le style de Bérain,

88 — Miniature sur vélin : Rixe dans la rue. XVIIe siècle.

89 — Plusieurs éventails, bonbonnière ronde en cuivre avec incrustations de nacre, salières en émail de Bettersea.

TABLEAUX

90 — **Blin (Francis)**. Rochers au bord de la mer. Bretagne.

91 — **École française** (XVIIe siècle). Quatre tableaux représentant les Saisons, dans des cadres du temps en bois sculpté et doré, à coins décorés de marguerites en relief.

92 — **École française** (XVIIIe siècle). Deux panneaux provenant de chaises à porteurs, représentant des dieux de la Fable et placés dans des cadres du temps en bois sculpté et doré.

93 — **École française** (XVIIIe siècle). Portrait d'une dame de qualité, représentée à mi-corps, de trois quarts, che-

*

veux poudrés et ornés de fleurs, robe de satin blanc brodée d'or, surtout de velours bleu et manteau d'hermine.

94 — **École française** (XVIIe siècle). Portrait de femme, presque de face, à mi-corps, robe en brocart d'argent brodée de galon d'or, manteau bleu doublé d'hermine.

95 — **École française.** Portrait d'un personnage à longue perruque. Époque Louis XIV.

96 — **École italienne.** Buste de vieillard coiffé d'un turban, pastiche dans la manière de Rembrandt.

97 — **Loo** (École de **Carle van**). Portrait de Louis XV, à mi-corps, en armure, avec le cordon du Saint-Esprit. Cadre ancien en bois sculpté.

98 — **Même école.** Portrait d'une princesse, à mi-corps, en robe de satin d'argent, à manches de dentelle ; le manteau bleu doublé d'hermine fixé aux épaules par des agrafes de pierreries.

99 — **École moderne.** Bords de la Seine.

100 — **École moderne.** Route traversant un champ de blé.

101 — **Franck.** Festin dans un parc.

PENDULES ET BRONZES D'AMEUBLEMENT

102 — Grande pendule Louis XIV, à corniche cintrée, en marqueterie de cuivre sur écaille garnie d'appliques en bronze : chutes, pentes de feuilles, moulures, bas-relief représentant une divinité marine, etc. Elle est surmontée d'une figurine de Neptune, en bronze doré. — Haut., 1 mètre.

103 — Pendule Louis XIV, plaquée d'écaille de l'Inde et

garnie de cuivres rapportés, cariatides, chutes à volutes, galerie, vases, etc. Une figurine de la Renommée se dresse sur le couronnement. Cette pendule repose sur un socle de même style élevé sur griffes. — Haut., 75 cent.

104 — Deux flambeaux contournés à rinceaux, canaux et rocailles en spirale, en bronze ciselé et doré de l'époque Louis XV, surmontés chacun de deux branches porte-lumières.

105 — Deux flambeaux à deux lumières chacun, à rinceaux et fleurs en relief. L'entredeux des branches simule un vase à flammes.

106 — Deux appliques à deux lumières chacune, du temps de la Régence.

107 — Petit lustre Louis XIV, en cuivre, à deux rangées de lumières, garni de pyramides, de rosaces et de pendeloques en cristal de Bohême, entremêlés de petites poires et de boules en cristal de roche. — Haut., 1 m. 10 cent.

108 — Cartel en bronze composé de forts rinceaux, d'un dessin mouvementé et de branches de chêne et de rocailles. — Haut., 85 cent.

109 — Deux appliques, fin Louis XVI, chacune à deux lumières, sur bras cintrés accotant une gaine qui supporte un vase.

110 — Deux appliques de la Régence, chacune à deux lumières s'échappant d'une corne portée par une figurine d'amour.

111 — Petit cartel Louis XV, en bronze doré, composé de rinceaux contournés et de rocailles.

112 — Bougeoir formé de branchages sur terrasse, à rinceaux. Époque Louis XV.

113 — Deux lampes modérateurs de Gagneau, formées de bouteilles en porcelaine émaillée rouge haricot, avec monture de style Louis XVI, à anses têtes de satyres en bronze doré.

114 — Deux chenets de style Louis XIII, à boules supportées par une base à mascaron et chimères.

115 — Lanterne d'antichambre pentagonale de style Louis XV, garnie de cristaux.

MEUBLES EN BOIS DORÉ

116 — Deux consoles en bois sculpté et doré, portant chacune sur un seul pied, à cordon de piécettes. Des guirlandes de feuilles, détachées, sont suspendues sous la ceinture qui est décorée d'un tore de laurier et d'un cordon de perles. Époque Louis XVI. Tablettes garnies de velours grenat. — Haut., 90 cent.; larg., 72 cent.

117 — Grande glace à fronton et encadrement en glace étamée, entourée de baguettes ornées, d'écoinçons à mascarons et cornes d'abondance, en bois sculpté et doré. Époque Louis XIV. — Haut., 1 m. 90 cent.; larg., 1 m. 5 cent.

118 — Console du temps de Louis XIV, de forme rectangulaire, en bois sculpté, doré récemment, à ceinture décorée des attributs de l'amour et de festons de fleurs. Elle est supportée par quatre pieds balustres aplatis, à pentes de fleurs et de feuillages, reliés à leurs bases par des

traverses contournées. — Haut., 80 cent.; long., 1 m. 28 cent.

119 — Glace encadrée de baguettes ornées et d'écoinçons rapportés, et surmontée d'un fronton composé de rinceaux, d'oiseaux et d'attributs guerriers, en bois sculpté et doré. Époque Louis XIV. — Haut., 1 m. 35 cent.; larg., 75 cent.

120 — Console de forme contournée en bois sculpté et doré, composée de rocailles, de larges feuilles, de guirlandes, de godrons, etc. XVIIIe siècle. — Haut., 88 cent.; larg., 1 mètre.

121 — Glace étroite cintrée du haut, encadrée d'une baguette ornée, et couronnée de rocailles et de festons en bois sculpté et doré. XVIIIe siècle.

122 — Deux grands chandeliers triangulaires, chargés d'ornements, en bois sculpté et doré. XVIIe siècle.

MEUBLES

123 — Armoire à deux corps de l'époque Louis XIII, en noyer, décoré de branchages fleuris en marqueterie de bois clairs. Le corps inférieur ouvre à deux portes surmontées de tiroirs. Des modillons à volutes et feuilles d'acanthe sont rapportés dans le haut des montants. Le corps supérieur en retrait est cantonné de colonnes ioniques cannelées et engagées; trois mascarons sculptés en bas-relief et reliés par des guirlandes décorent la frise de l'entablement que surmonte un fronton entrecoupé. — Haut., 2 m. 10 cent.; larg., 1 m. 15 cent.

124 — Armoire à deux corps de la fin du XVIe siècle, en noyer décoré de branchages fleuris en marqueterie de bois. Deux satyres en ronde bosse, debout sur des consoles, sont adossés, en manière de cariatides, aux montants du corps supérieur qui est en retrait et surmonté d'un fronton du XVIIe siècle, ajouré, orné de feuillages sculptés et de vases de fleurs. — Haut., 2 m. 30 cent.; larg., 1 m. 18 cent.

125 — Petite armoire, à deux portes vitrées, en bois rose et bois de violette et à dessus de marbre. Époque Louis XV. — Haut., 1 m. 32 cent.; larg., 1 mètre.

126 — Buffet à deux corps, celui du haut en retrait, en bois de noyer, décoré sur les quatre portes de gracieux motifs à rinceaux, feuillages et palmettes sculptés en relief et ressortant sur un fond smillé. Époque Louis XIV. — Haut., 2 m. 25 cent.; larg., 1 m. 35 cent.

127 — Table de noyer à pieds et entretoise tordus en hélice. XVIIe siècle. — Long., 1 mètre.

128 — Petite table ancienne en noyer, à pieds tournés.

129 — Grand buffet à deux corps et à quatre portes, décoré de moulures contournées et d'ornements, rinceaux, rocailles et fleurs sculptés en relief; un cartouche à figures et attributs est placé sous la corniche qui est cintrée. Époque Louis XV. — Haut., 2 m. 65 cent.; larg., 1 m. 60 cent.

130 — Petit bureau Louis XVI à tiroir, en bois rose et palissandre, à corps supérieur muni d'un abattant qui est décoré d'un médaillon à figures, en marqueterie.

131 — Bureau à dos d'âne en marqueterie de bois satiné, garni de chutes et d'entrées en cuivre.

132 — Table à pieds cambrés en noyer, à coquilles, fleurons et ornements sculptés. Époque Louis XV. Dessus rapporté et garni de peluche.

133 — Table à jeu de style Louis XV, en bois noir et marqueterie de cuivre.

SIÈGES

134 — Grand canapé Louis XIV en noyer sculpté, à coquilles, feuilles et ornements en relief, supporté par huit pieds légèrement cambrés. Le dossier, le siège et les accotoirs sont garnis de tapisserie au point, à large dessin d'entrelacs et de feuillages multicolores sur fond noir.

135 — Deux coussins en tapisserie au petit point, à figures orientales et ornements polychromes sur fond noir.

136 — Deux bergères à joues, en noyer, ornées de moulures et de quelques fleurettes sculptées et dorées. Elles sont garnies de tapisserie au point figurant des bouquets de pavots, sur fond blanc. Époque Louis XV.

137 — Deux coussins accompagnant les sièges qui précèdent, en tapisserie au point; l'un à fleurs, l'autre à figures.

138 — Deux grands fauteuils du temps de la Régence, en noyer sculpté, à feuilles et ornements variés; accotoirs contournés; pieds à peine cambrés et reliés par des croisillons courbes disposés en X. Ils sont garnis de tapisserie au point, à figures, fleurs et ramages multicolores sur fond noir. Des médaillons au dossier, représentent la Reine de Saba aux pieds de Salomon et le Sacrifice d'Abraham.

139 — Deux fauteuils Régence en noyer sculpté, moins grands que les précédents et recouverts en tapisserie au point, à dessin de larges feuillages et de rinceaux symétriques sur fond noir.

140 — Grand fauteuil analogue aux précédents, en bois sculpté, avec rehauts en dorure; il est recouvert de tapisserie au point, à grands bouquets de pavots sur fond blanc.

141 — Deux fauteuils Louis XV en bois sculpté et doré, de riche ornementation, à rocailles, coquilles et fleurs; recouverts en taffetas crème, semé de feuilles de chêne en broché d'argent.

142 — Deux chaises en bois sculpté et doré, à pieds et croisillons contournés, recouvertes de soie crème brochée en couleurs.

143 — Fauteuil Régence en bois sculpté et doré, à fleurs, feuilles et rinceaux, recouvert en tapisserie au point : rameaux fleuris sur fond blanc.

144 — Fauteuil Louis XV en noyer, orné de branches de fleurs sculptées et garni, au dossier, au siège et sur les accotoirs, de tapisserie au point : corbeilles de fleurs sur fond blanc.

145 — Bergère Louis XV à dossier arrondi, garnie de tapisserie au point à ramages multicolores.

146 — Fauteuil Louis XIII, à dossier rectangulaire, pieds tors, accotoirs terminés par des têtes chimériques ; il est recouvert de velours à dessin vert sur fond crème.

147 — Deux tabourets rectangulaires, à pieds carrés reliés par des traverses en X, en bois sculpté et doré, à feuilles

et ornementation Louis XIV, recouverts en tapis de la Savonnerie, à décor de rosaces et de perroquets.

148 — Tabouret en bois sculpté et doré, à pieds feuillagés reliés par une entretoise; il est garni d'un ancien tapis à rinceaux et cornes d'abondance.

149 — Chaise en bois sculpté du XVIIIe siècle, foncée de canne.

TAPISSERIES

150 — Deux charmants petits panneaux, en hauteur, de tapisserie du temps de Louis XIV, formant pendants et représentant Apollon et Diane sous des édicules formés de colonnettes enrubannées et surmontées de sphinx qui supportent des rinceaux en accolade auxquels sont appendus des dais, des franges à glands, etc. Ornementation dans le style de Bérain. Ces panneaux sont placés dans des cadres sculptés, noircis et à ornements dorés. — Haut., 1 m. 50 cent.; larg., 80 cent.

151 — Tableau en tapisserie du XVIIe siècle, représentant le Christ présenté au peuple. Composition de trois figures, en pied. — Haut., 66 cent.; larg., 40 cent.

152 — Tapis de table en damas, encadré d'une bande de tapisserie de l'époque Louis XIV, à motifs de fleurs, de fruits, de rinceaux, de tabliers, etc.

TAPISSERIES AU POINT — BRODERIES — ÉTOFFES

153 — Paravent à quatre feuilles, tendu d'ancien velours vert uni et décoré de quatre tableaux en tapisserie au petit point du XVIIe siècle, offrant les figures d'Apollon, de Minerve, de Diane et de Vénus, dans des encadrements de rinceaux et de feuilles.

154 — Écran de forme contournée, en bois sculpté, à rinceaux et feuillages avec feuille en tapisserie au petit point, représentant quatre déesses de la mythologie au milieu d'arbres en fleurs. — Haut., 1 m. 10 cent.; larg., 80 cent.

155 — Écran Louis XV, à monture contournée et ornée de rocailles sculptées; feuille en tapisserie au petit point à bouquet de pavots sur fond blanc.

156 — Feuille d'écran en tapisserie au petit point, représentant une allégorie à la moisson, dans un encadrement de fleurs et d'ornements à fond rouge. Époque Louis XIV.

157 — Autre à médaillon ovale, représentant un piqueur sonnant de la trompe et tenant un chien en laisse. XVIIIe siècle.

158 — Deux morceaux pour sièges et divers fragments en tapisserie au point. XVIIe siècle.

159 — Dessus de siège en ancien tapis de la Savonnerie, représentant une touffe de plantes en fleurs.

160 — Deux embrasses formées de bandes à fleurs et ornements en tapisserie du XVIIe siècle.

161 — Tableau exécuté en broderies de soies, avec parties

peintes et représentant une Reine distribuant des secours aux malheureux. XVIIe siècle.

162 — Tableau en broderie de soies de couleurs, représentant la Lapidation de saint Étienne. XVIIe siècle.

163 à 167 — Dix coussins garnis d'anciens velours, de tapisseries au petit point, de satins brochés, de soieries.

168 — Deux rideaux d'ancienne brocatelle verdâtre, bordés de frange à glands en soie rouge.

169 — Quatre rideaux d'ancien damas vert, ornés de galons de velours et bordés de franges rouges.

170 — Grande portière avec lambrequin d'ancien damas rouge, bordée sur les côtés de galons veloutés et en bas d'une frange à grilles.

171 — Grand tapis de damas rouge bordé d'une frange à grilles de même couleur.

172 — Tapis de damas rouge bordé d'une petite frange à glands.

173 — Carré de brocart du XVIIIe siècle, à dessin de palmes et de feuilles dentelées se détachant sur un fond rouge.

174 — Petit tapis en broderie et application de la Renaissance, sur velours grenat.

175 — Tapis de table, ancien velours à dessin grenat sur fond jaune.

176 — Petit tapis d'ancien velours, à dessin grenat sur fond jaune.

177 — Petit tapis entièrement recouvert d'ornements en application et soutache. XVIIIe siècle.

178 — Deux portières et deux lambrequins de velours rouge, décorés d'ornements en soutache jaune.

179 — Quatre rideaux et deux lambrequins de velours ponceau, bordés de galons d'ancien velours et garnis de franges à glands assortis.

180 — Lots de bandes, lambrequins, petits tapis de velours rouge, vert, etc.

181 — Couvre-lit en toile avec petit entredeux de guipure et bordure en broderie de soies multicolores. Travail persan.

182 — Bordure carrée en toile brodée, à dessin bleu et rouge.

183 — Napperon à bordure brodée en soie orangée.

184 — Plusieurs lots d'anciens galons de velours, de franges anciennes en soies, d'effilés, de dentelle métallique.

185 — Plusieurs médaillons en broderie de soie et de fils métalliques de la Renaissance, bande en broderie sur velours.

186 — Coupons de soieries, brocarts et anciens velours.

DENTELLES

187 — Dentelles blanches et noires.

188 — MOBILIER COURANT.

189 — Batterie de cuisine, ustensiles de ménage, linge, literie, etc.

www.ingramcontent.com/pod-product-compliance
Ingram Content Group UK Ltd.
Pitfield, Milton Keynes, MK11 3LW, UK
UKHW021119290826
14628UKWH00014B/2906

9 782329 419046